草莓红了

[韩] 李永得◎著　[韩] 李敏善◎绘　金可◎译

新疆青少年出版社

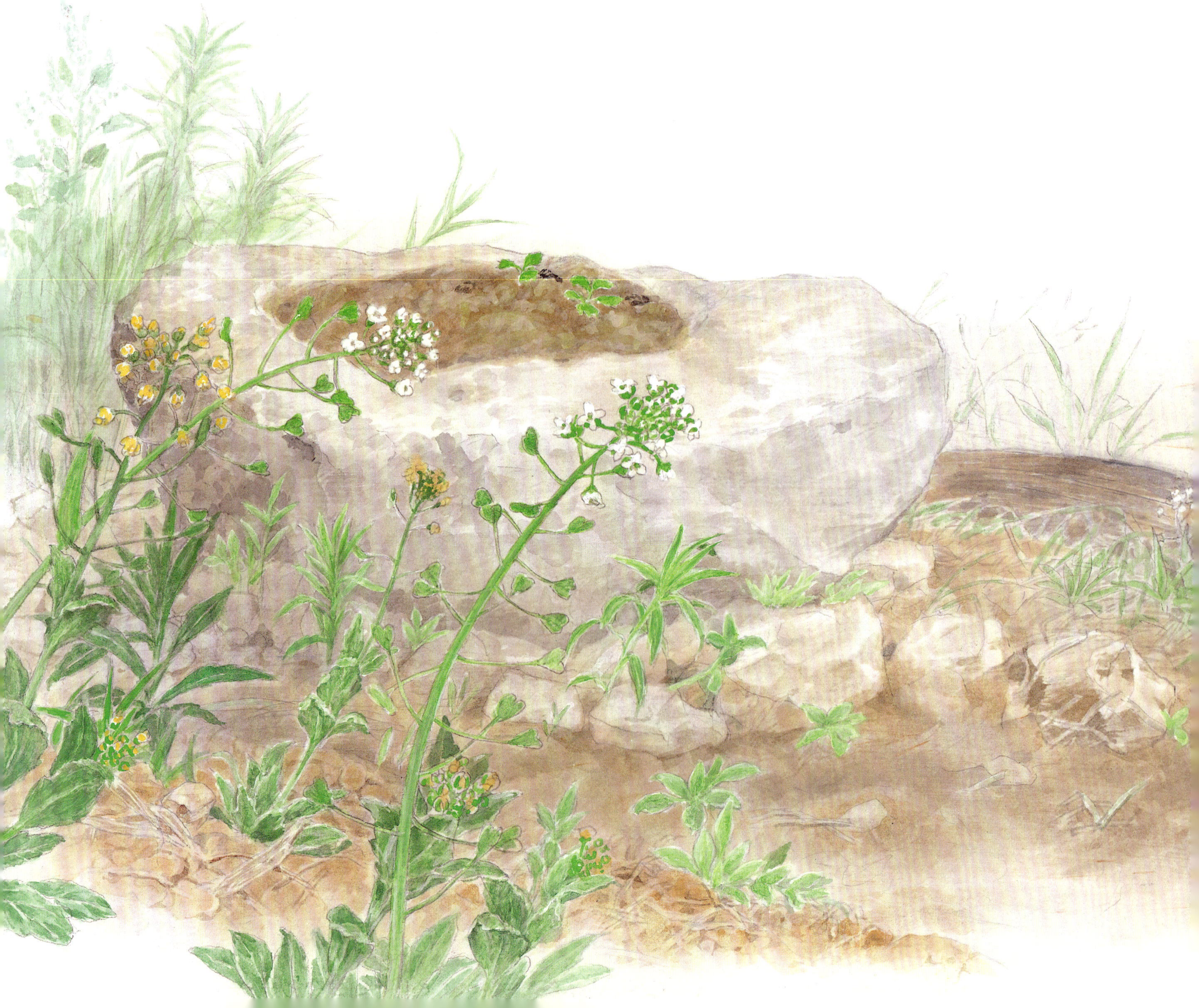

我把草莓种子播撒在石臼里，
只为能吃到酸甜的草莓。
沉睡的种子终于苏醒。
在小鸡破壳而出的那天，
草莓的幼苗也生出了鲜嫩的绿叶。

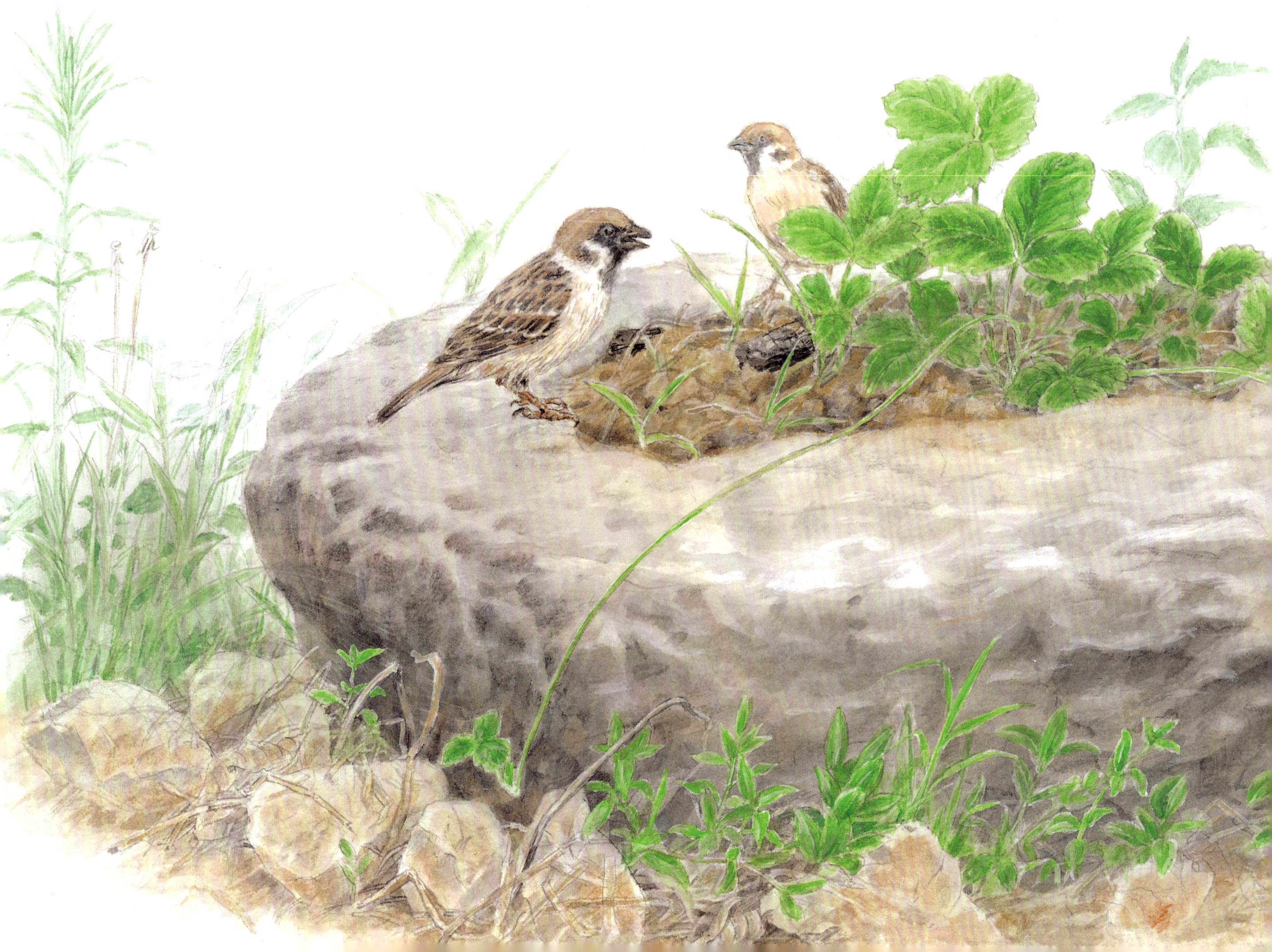

绿叶变得愈发青翠,
小小的石臼已经容纳不下它们了。
它们要到哪儿去呢?

匍匐茎*向四面八方延展,
而它们的末端又长出了新的嫩叶。

*匍匐茎指的是红薯、西瓜、草莓等植物沿着地平方向生长的茎。

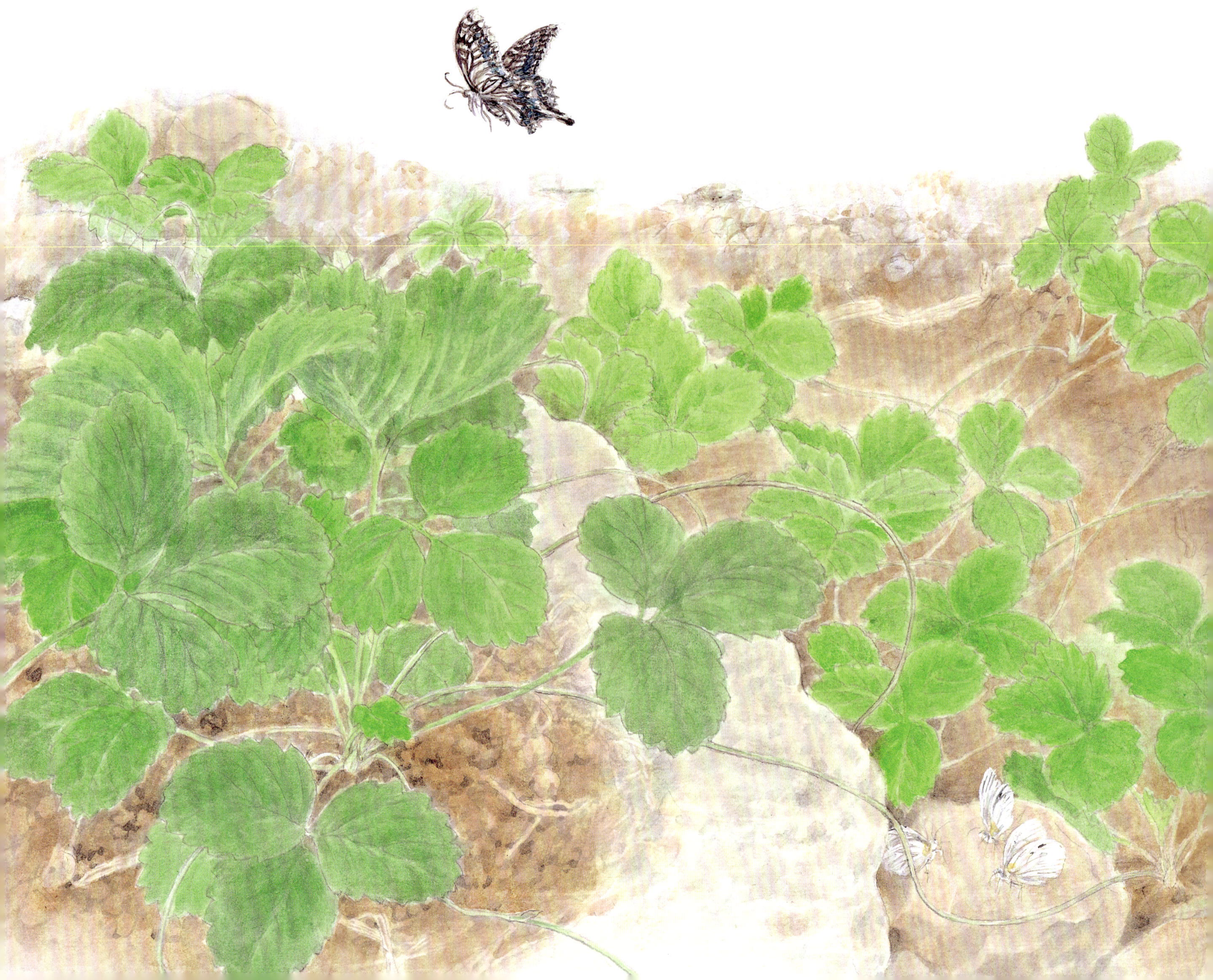

晴天，绿叶贪婪地吸收阳光，
雨天，根茎疯狂地汲取水分。
匍匐茎一刻不停地蔓延着，
末端的绿叶也逐渐扎下根来，
草莓的领地进一步扩大。

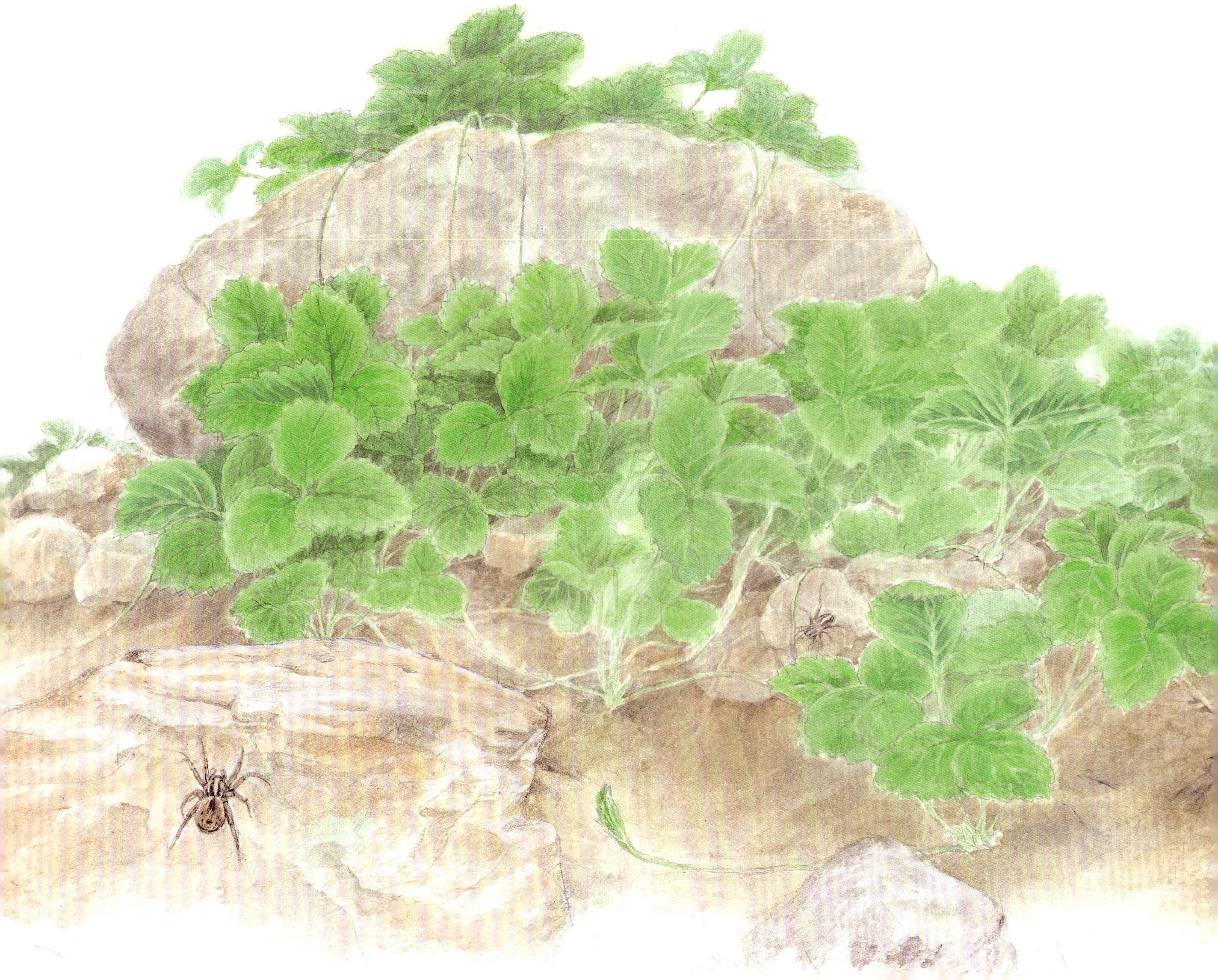

此时，石臼周围已经变了模样，
俨然成了一块草莓田。
卷甲虫搬了过来，
蚯蚓也搬了过来，
而那些和草莓一起长大的小鸡，
不知何时也已经掌握了捉虫的本领。

雨一连下了好几天，
草莓田变得愈发葱郁，
引得蟾蜍也前来造访。
它刚捕食了一只卷甲虫，
还在细细咂摸滋味。

雨过天晴，太阳出来了，
草莓的根继续哼哧哼哧地往下扎，
酷暑也无法阻挡草莓家族的壮大。

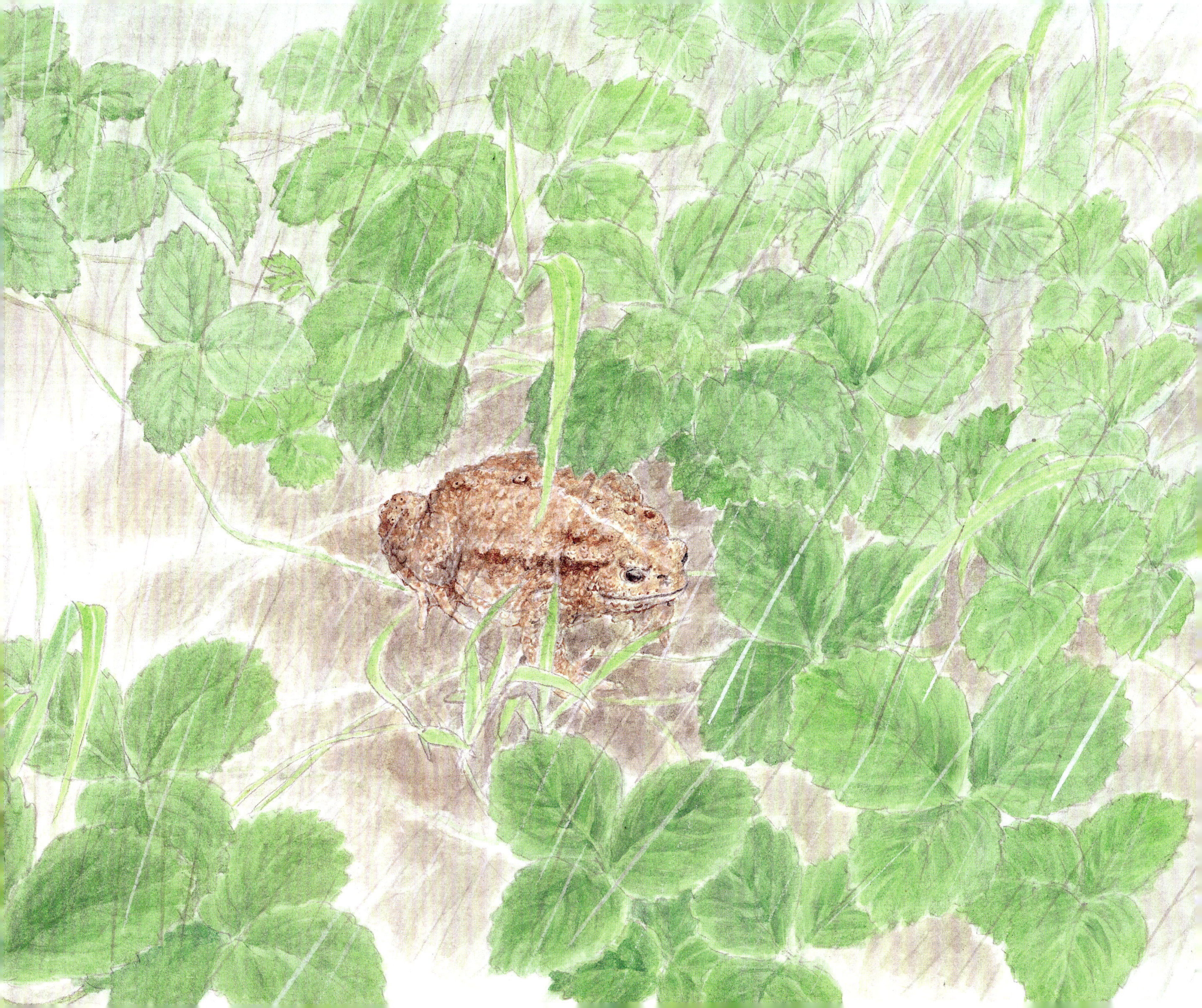

盛夏已过，
晨起有凉风送爽，
入夜有蟋蟀长鸣，
但白天的阳光依旧灼热。
偶有蜻蜓立在干枯的草秆上。
草莓叶子的边缘开始泛红。

卷甲虫*

*卷甲虫外形与鼠妇相似,受到惊扰时身体会卷曲,因此得名。

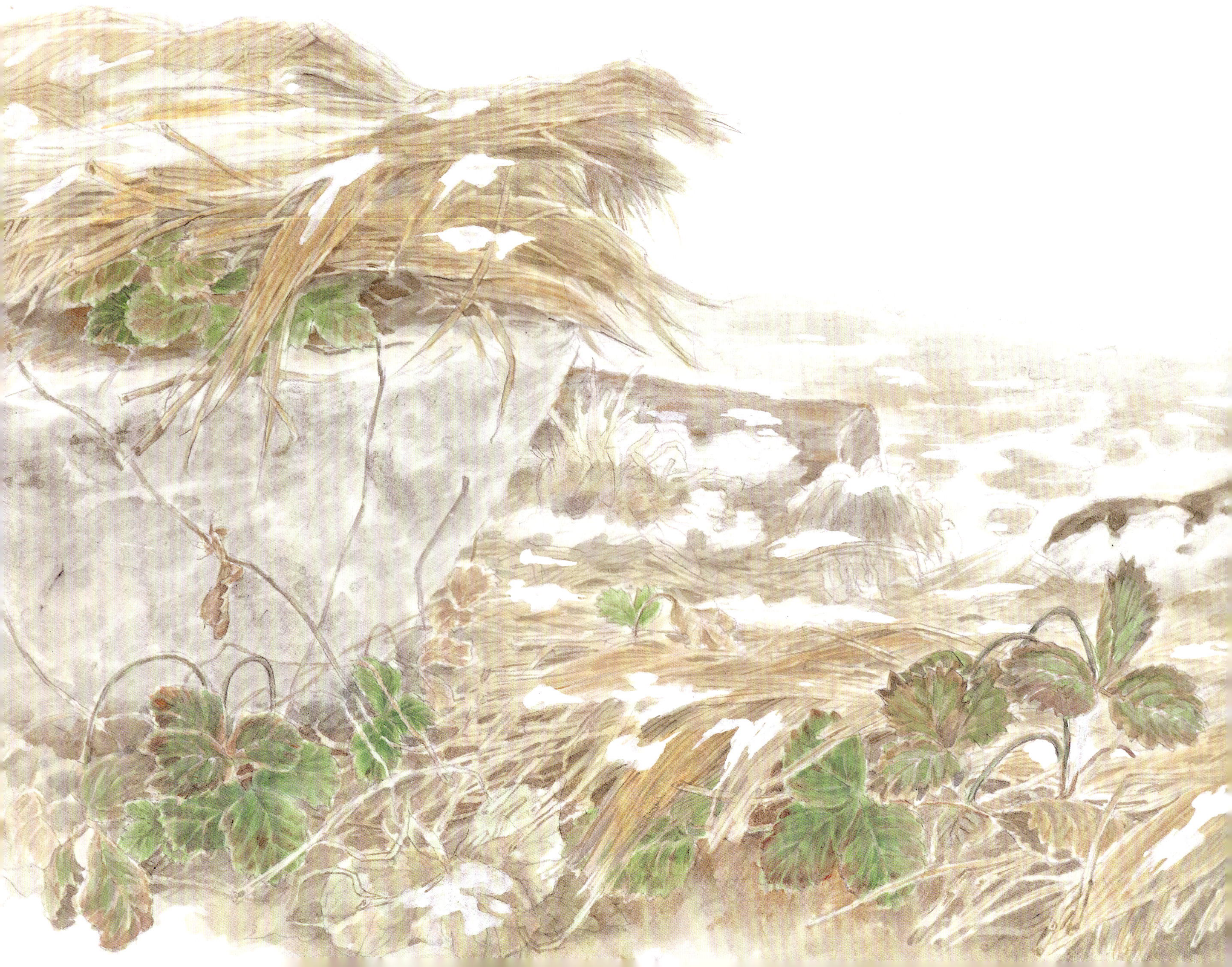

草莓渐渐失去了生机，
叶子也开始发黑，
它们紧贴地面，
做好了迎接冬天的准备，
我也为它们盖上了一层御寒的稻草。

大雪纷飞，寒风肆虐，
草莓整个冬天都无精打采的。

终于，春风再次吹过大地，
唤醒了紫罗兰，
唤醒了草莓，
瓢虫和蜘蛛也开始活动筋骨。

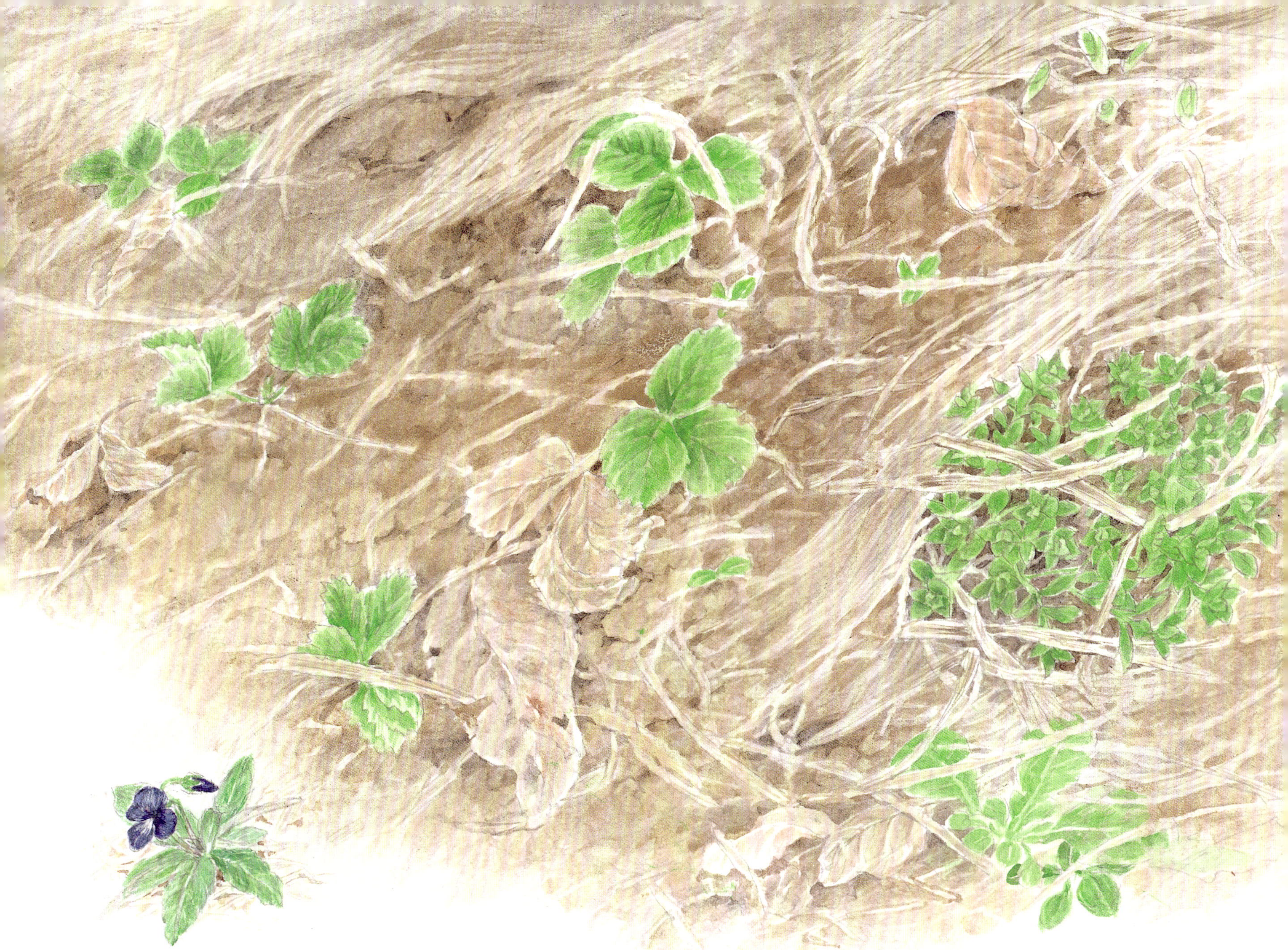

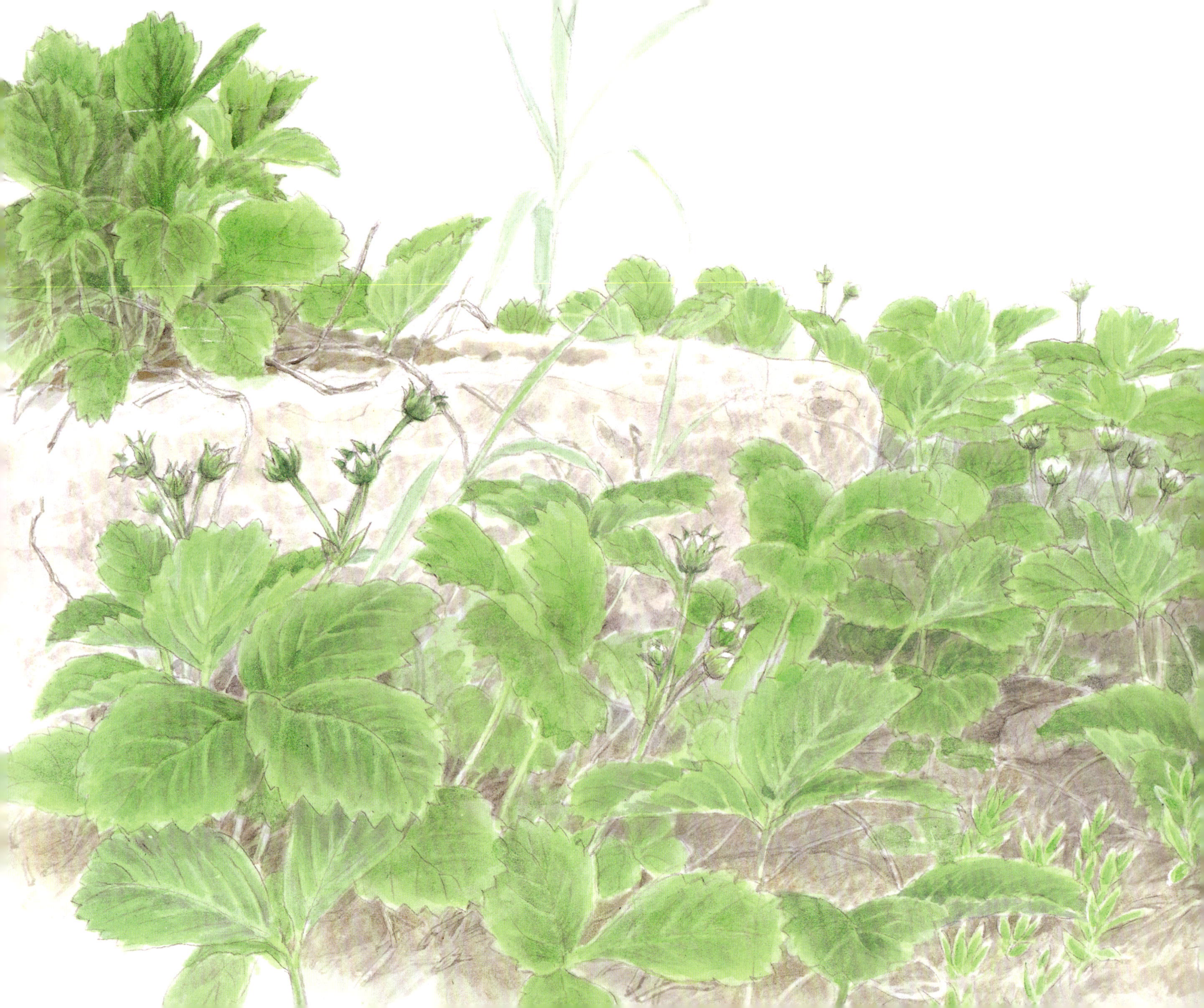

草莓畅饮着春水,
原本皱巴巴的叶子伸了个懒腰,
重新舒展开来,
花茎上也缀满了花苞。
阳光温暖和煦。

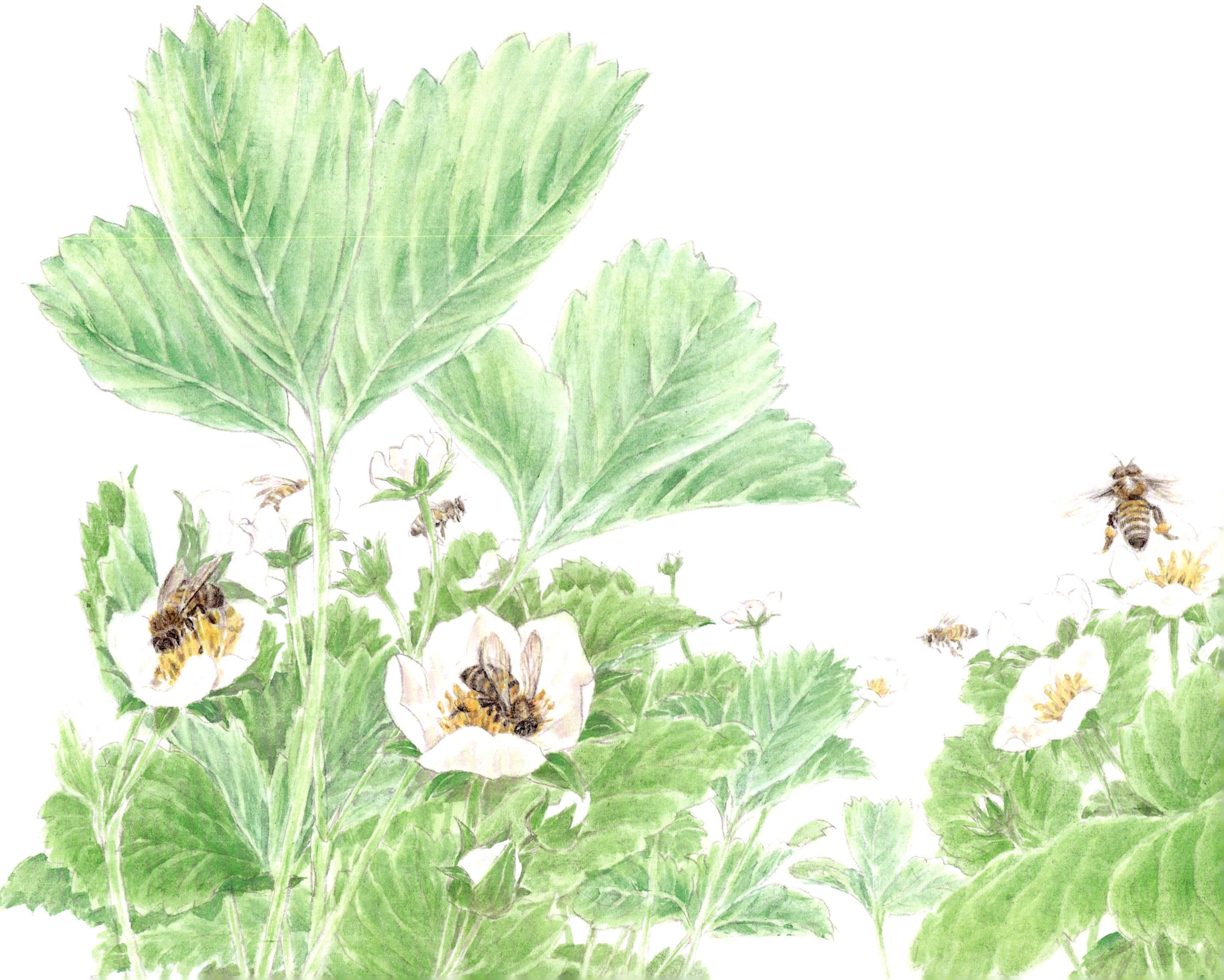

蜜蜂在白色的花海间忙碌，
黑带食蚜蝇也在上下飞舞。
浑身沾满了黄色花粉的蜜蜂，
急匆匆地飞向下一片花丛。

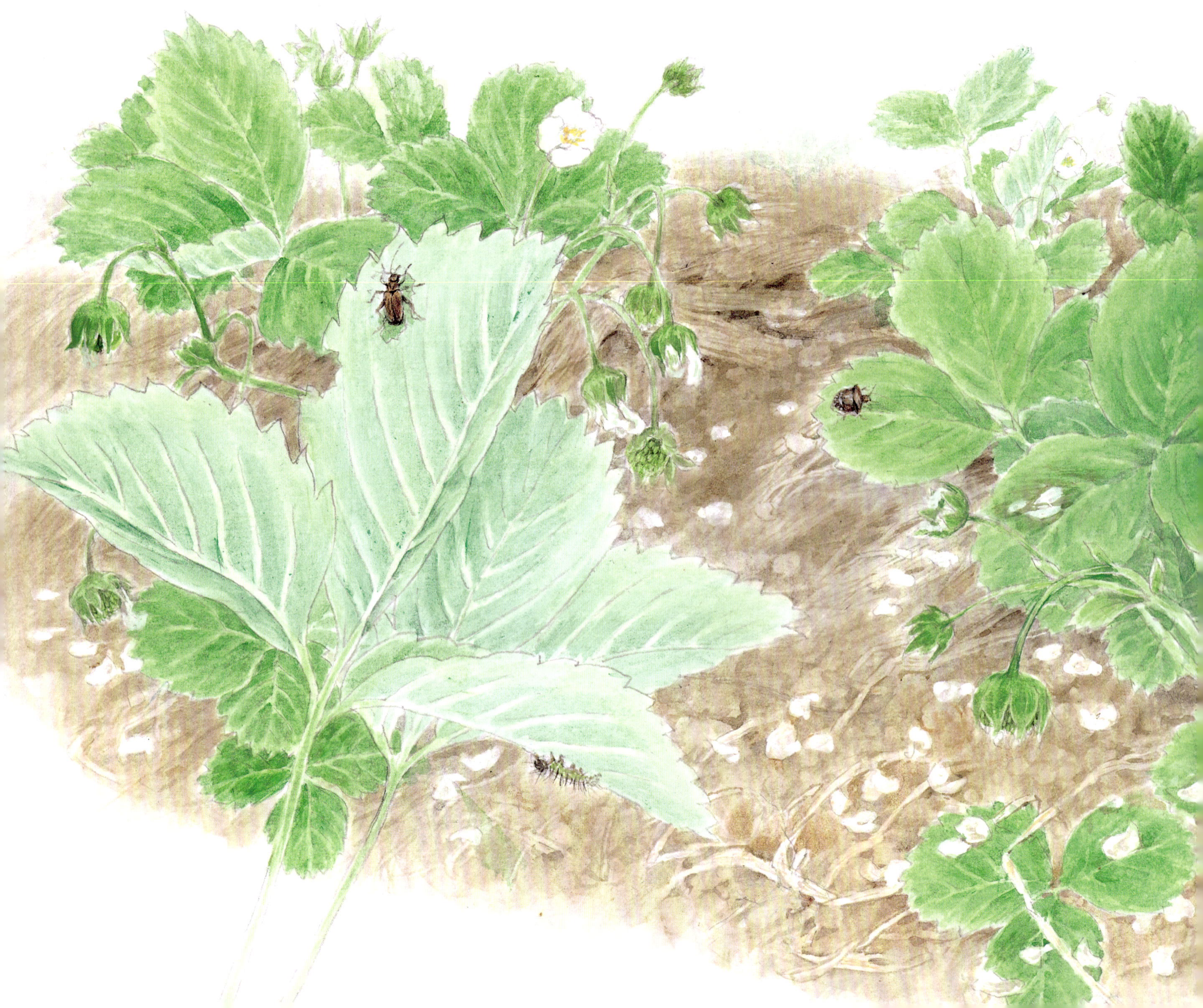

很快,白色的花瓣凋落,
结出绿色的草莓。
这些绿草莓微微低着头,
好像都憋着一股劲儿,
想要比比谁能长得更快、更大,
而匍匐茎又开启了它的新征程。

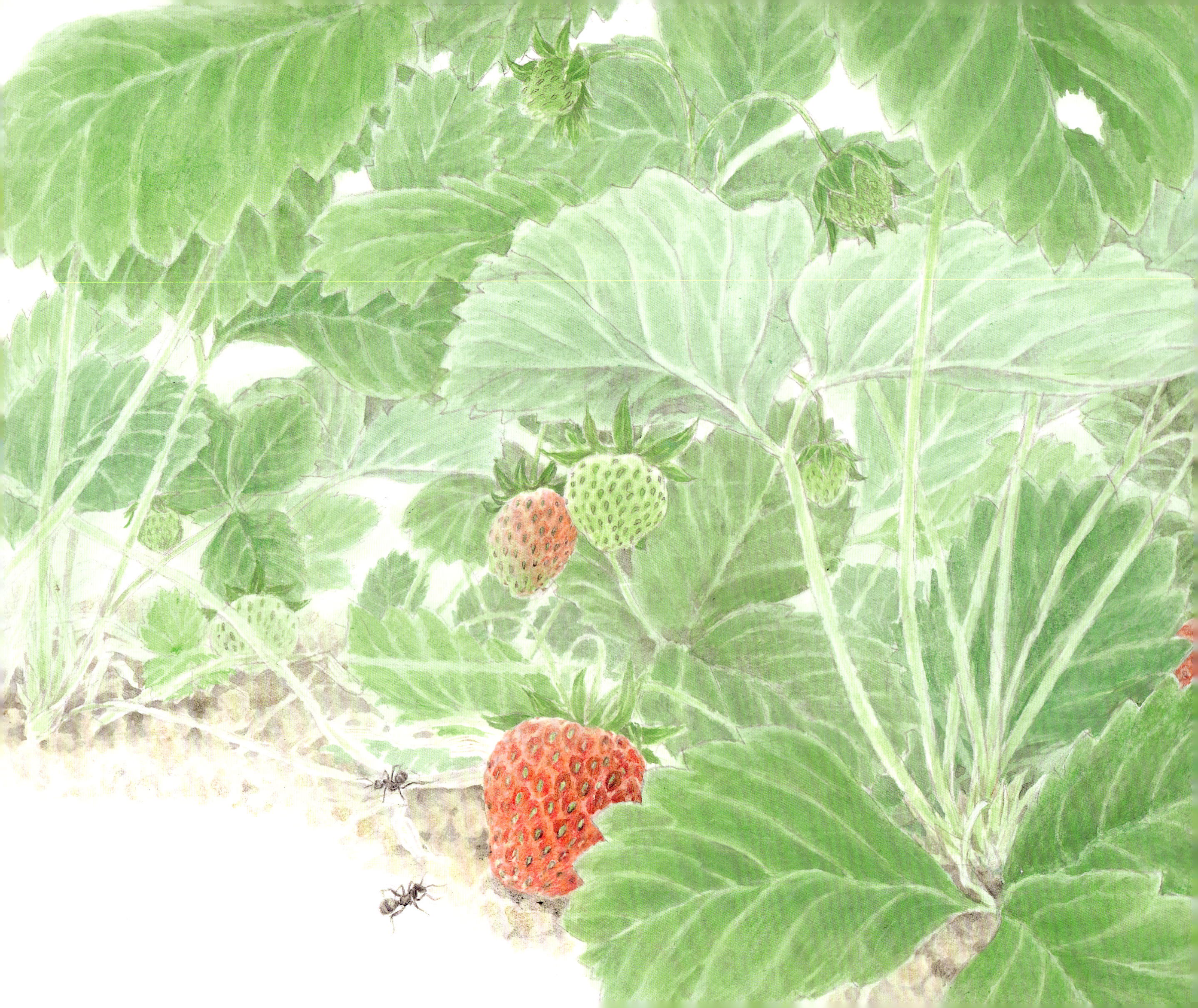

豆大的草莓逐渐变得像银杏一样大,
之后又变得像红枣一样大。
但这时的草莓还酸溜溜的,不能吃,
等到它们越来越大,
变得红扑扑的时候,
才算是真正成熟了。

院子里洋溢着草莓的香气，
阳光下，那鲜红的草莓显得更加诱人。
放心，我会在蚂蚁行动之前，
把它们全部摘回家。

已经熟透的草莓酸甜可口，
至于那些屁股还泛着些绿的草莓，
就留着改天再摘吧。

快看!蜗牛也来吃草莓了。
一颗颗鲜红的草莓啊,
让人看了就忍不住流口水,
我想吃,蚂蚁想吃,蜗牛也想吃,
谁吃了都说好!

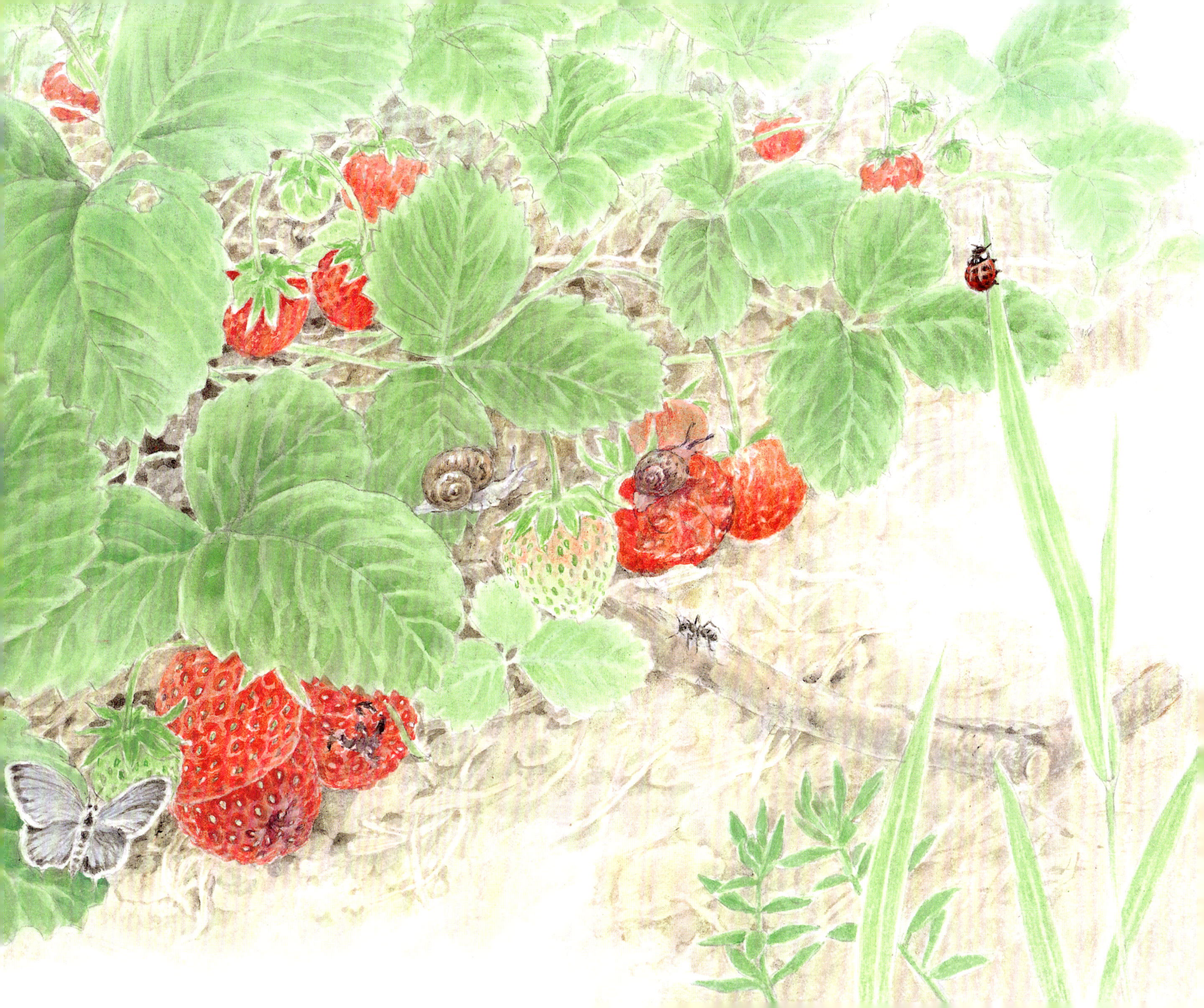

草莓

酸甜的草莓

蔷薇科草莓属多年生草本植物,没有主根,和蒲公英、紫罗兰相似。叶三出,即叶柄顶部着生三片小叶,叶片边缘有缺刻状锯齿。草莓花呈白色,花瓣通常为五片,少数情况有六片。草莓匍匐茎在伸长的同时,向上长叶,向下扎根,以此进行繁殖。

植物白天接受光照,吸收水分和空气中的二氧化碳,进行光合作用,同时制造叶绿素,通过叶片上的气孔释放氧气。当晚上没有阳光,无法进行光合作用时,植物通过气孔将白天吸收的多余水分输出体外,形成水珠,这就是植物的"吐水现象"。草莓也有"吐水现象",尤其是在生长初期,生长速度较快的时候,"吐水现象"最为明显。

草莓种子

草莓花梗顶端鼓起的部分称为花托，上面分布着细密的雌蕊和雄蕊，当雄蕊把花粉传给雌蕊后，雌蕊下面的子房就会发育成果实，也就是我们平常说的草莓种子。而草莓的果肉是由花托发育而来的，所以草莓种子不在果实内部，而是像芝麻粒一样分布于果实表面。切开草莓，我们可以看到草莓内部有一条"白筋"，草莓种子与"白筋"相连，因此在给草莓去籽时相对比较困难。

草莓纵切面　草莓横切面

不同种类的莓果

牛叠肚

常见于山地或田间，因口感较好，现已实现人工栽培。花瓣呈白色，茎上有尖刺，叶片宽如手掌，边缘不分裂或3~5掌状分裂。

插田泡

只有插秧的季节才有，因此得名。可生食，或晒干后入药。花朵呈红色，大小不一，生于侧枝顶端。果实成熟后呈深红色甚至紫黑色。

皱果蛇莓

常见于草丛或林边。因匍匐茎细长蜿蜒，形似爬行的蛇，因此得名。叶片与草莓叶片相似，开黄花，瘦果卵圆形，可生食。

一起种草莓吧！

将草莓种子播撒在花盆或土地中，大约十至十五日后开始发芽。随着叶片增多，叶腋处会长出多条匍匐茎。匍匐茎细长柔软，顶端长叶的同时向下扎根。草莓花呈聚伞花序，花序下面有短柄小叶。匍匐茎从新茎上萌发而出，新茎越多，植株越繁茂。

1. 将草莓种子播撒在花盆或土地中，盖上一层薄土。

2. 种子开始发芽，但外壳尚未脱落。

3. 两片叶子在嫩芽上同时展开。

4. 萌发出边缘带有锯齿的真叶，叶三出。

8. 花瓣凋落后结出绿色果实。

7. 开白花,花瓣通常五片。

9. 绿色果实逐渐成熟,低垂着头。

6. 花梗在向上生长的同时结出花苞。

10. 果实成熟后变红,果实尾部成熟较晚。

5. 匍匐茎逐渐伸长,向上长叶,向下扎根。

与草莓有关的游戏

草莓比大小
与其他玩家同时数三个数后,亮出自己摘到的草莓,比比谁的草莓更大或更小。

吃草莓游戏
用夹子夹住或用线绑住草莓蒂,在手不触碰草莓的前提下,吃掉草莓,然后回到原点即可。

草莓和它的朋友们
与其他玩家共同寻找造访草莓地的朋友们。蜜蜂、牛虻、蚜蝇、蝴蝶、苍蝇、蜉蝣、椿象、瓢虫、螳螂、蝗虫、卷甲虫、蚂蚁、蜘蛛、蜗牛、蚯蚓、青蛙、东北雨蛙、蟾蜍……

当其他玩家说出"草莓和XX"时,也请你说出"草莓和XX",以此方式按顺序轮流进行即可。

昆虫爱草莓
每人找一片被昆虫咬过的草莓叶,比比谁的虫洞更大或谁的虫洞更多,猜一猜这是哪种昆虫留下的痕迹。

草莓堆堆塔
用上一个游戏找到的叶子轮流堆塔,叶片中间也可以放小石子,但要保证堆好的塔不能倒。该游戏分小组进行更具趣味性。

草莓的创意吃法

草莓干

将草莓切成片后晒干或用烘干机烘干，酸酸甜甜、富有嚼劲的草莓干制作完成。可以在草莓季多做一些，将这份美味保留下来。

草莓果酱

将草莓捣碎后加糖拌匀，放入锅中熬制，糖不要超过草莓重量的一半，熬制过程中需不停搅拌，防止糊锅。用勺子舀起一勺后向下滴落，草莓果酱不会立即恢复原状，即制作完成。

草莓蛋糕

草莓刨冰

在做好的刨冰上方点缀新鲜草莓或草莓果酱后即可食用。

草莓牛奶

在牛奶中加入草莓，打碎后即可饮用。

草莓冰激凌

在牛奶中加入草莓，搅打后冰冻，草莓冰淇淋制作完成。加入糖浆或蜂蜜增加甜味，风味更佳。

草莓酸奶

将草莓打碎或切碎后放入酸奶中，草莓酸奶制作完成，也可以加一些草莓果酱。

草莓三明治

将芝士、酸奶、蔬菜放在面包片上，将草莓点缀在最上方即可。

草莓果汁

在草莓中加入酸奶和冰块打碎即可。

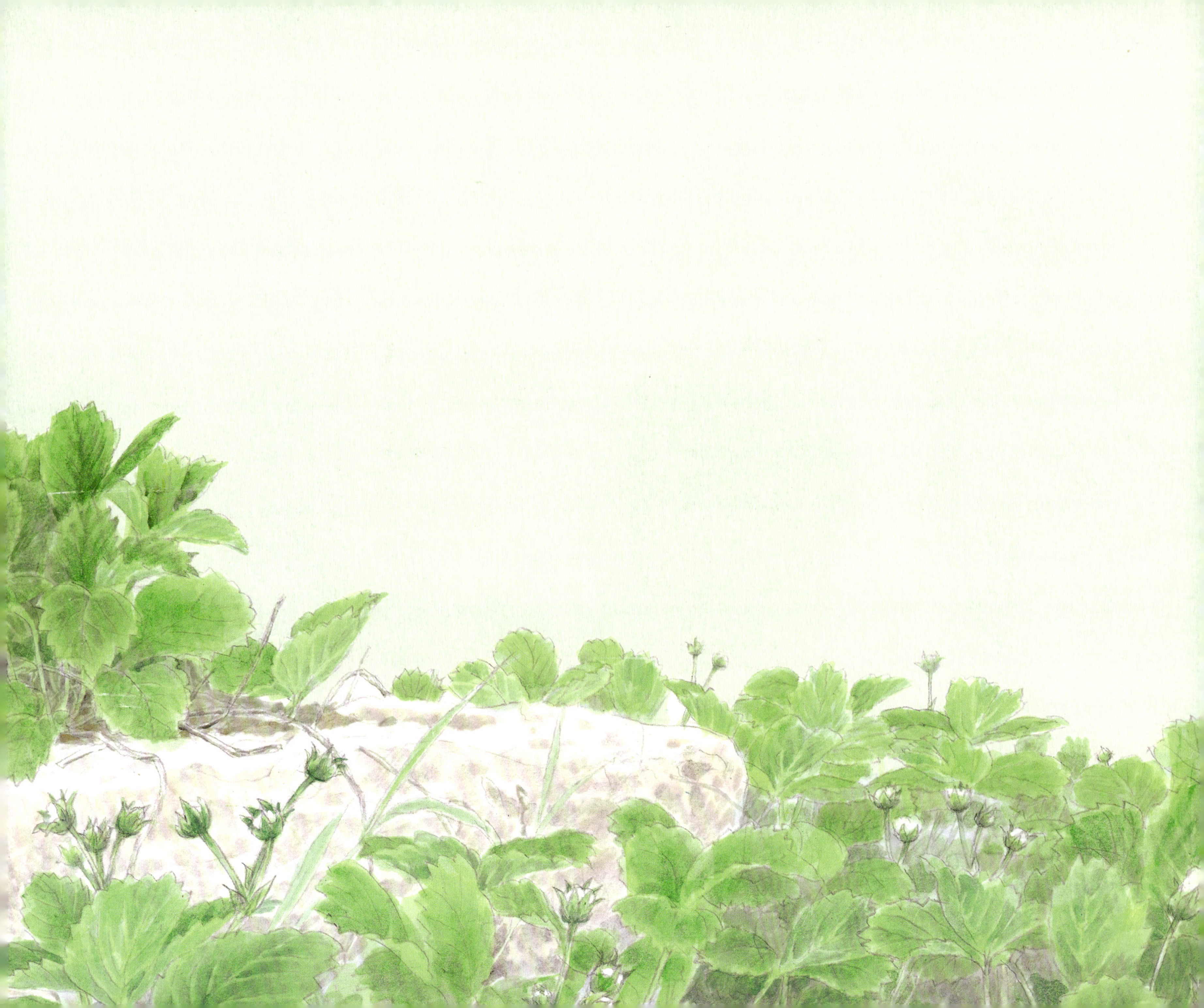